Este es mi león.

Que te dé miedo, pero aun así hazlo.
—Carrie Fisher

Para Elliott, que me cuidaba.
Y para Jason, que me susurró que yo podía
escribir, y después lo gritaba con cariño
cada vez que se me olvidaba.

Copyright © 2023 by Erika Meza · All rights reserved. No part of this book
may be reproduced, transmitted, or stored in an information retrieval system
in any form or by any means, graphic, electronic, or mechanical, including
photocopying, taping, and recording, without prior written permission from
the publisher. · First edition in Spanish 2023 · Library of Congress Catalog
Card Number 2022936771 · ISBN 978-1-5362-2508-2 (English hardcover) ·
ISBN 978-1-5362-2507-5 (Spanish hardcover) · This book was typeset in
Chowderhead. The illustrations were done in watercolor pencil and ink and
finished digitally.

Candlewick Press, 99 Dover Street, Somerville, Massachusetts 02144 · www.candlewick.com
Printed in Humen, Dongguan, China · 23 24 25 26 27 28 APS 10 9 8 7 6 5 4 3 2 1

VALIENTE COMO UN LEÓN

·ERIKA MEZA·

CANDLEWICK PRESS

No importa lo rápido que vaya

o en dónde acabe,

mi valiente león
va conmigo:
¡mi león siempre
está ahí!

Cuando me da
penita hablar,

o me da nervios
pedir disculpas,

mi león me ayuda a
encontrar mi voz.

Y en la noche, cuando las luces están apagadas
y el mundo se oscurece,
mi león está ahí.

Mi león me protege.
Mi león está en mi equipo.

Hoy, ¡mi león
y yo vamos a tener
una aventura!

Hay una resbaladilla nueva
en el parque...
¡Es *rápida* como un cohete!

Vamos a ir tan alto como la **luna**.

—¡Vamos, León! ¡Subámonos juntos!

Otro peldaño.
Mis piernitas
se me hacen
como gelatina.

Subo un
peldaño.
Mis manos
me empiezan
a sudar.

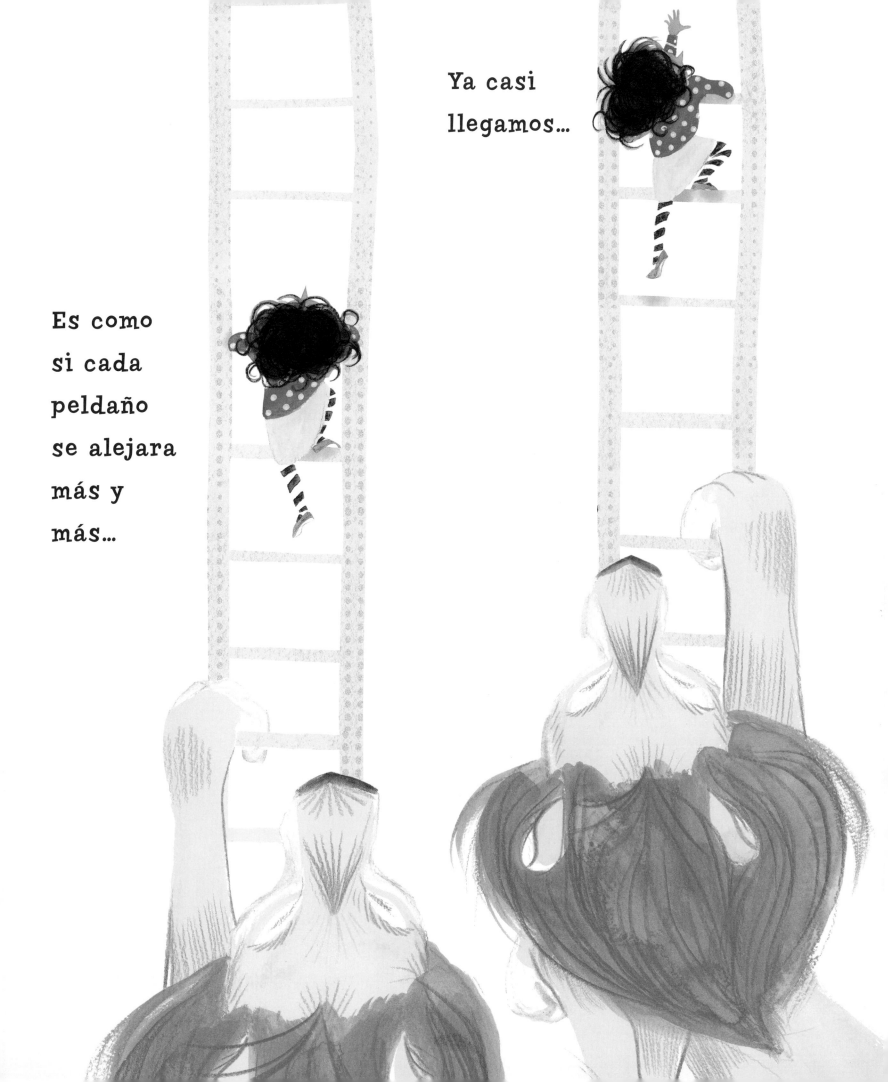

Es como
si cada
peldaño
se alejara
más y
más...

Ya casi
llegamos...

Pero

entonces,

miro

para

abajo.

¡Ay, no!

¡Estamos **muy arriba**!

¡No nos podemos resbalar en esta resbaladilla!

Pero... ¡tampoco podemos regresarnos

por las escaleras!

A lo mejor nos vamos a tener

que quedar aquí para **SIEMPRE**.

Nunca jamás vamos a poder

regresar a la casa.

Tal vez nos quedaremos aquí,

solitos, olvidados,

hasta que **SE ACABE EL MUNDO.**

Solitos, mi león y yo.

¿León?

Me volteo para ver a mi león.
¡Mi león también tiene
mucho miedo!

Y de pronto me acuerdo...

No importa lo rápido que vaya
o en dónde acabe,
mi valiente león va conmigo:
¡mi león siempre está ahí!

A lo mejor...

A lo mejor ahora
me toca a mí
ser valiente.

Respiro muy profundo.
Agarro la patita de mi león
y le digo,

—¡Vamos, León!
Vamos a aventarnos
juntos.

Una...

Dos...

¡TRES!

¡Fue
DIVERTIDÍSIMO!

—¡OTRA VEZ!
¡OTRA VEZ!
—exclamo.

Ahí nos quedamos jugando, resbaladillando, columpiándonos y subi-bajando.

¡Estamos tan altos como la **luna!**

Este es mi león.
Y yo, Leonora,
soy su leona.

A veces me da
miedito algo,

a veces *él* se asusta
un poquito...

Pero los dos nos ayudamos
a ser **VALIENTES**.

Los dos somos valientes
como unos leones.